CHRISTOPHER DIEHL

STAATS
THE
ATER

mon amour

Eine märchenhafte Novelle

„Welch Schauspiel!
aber ach! ein Schauspiel nur!"
(J.W. Goethe Faust I, Vers 454 / Faust)

Zuordnung:

Im großen Eingangsmonolog des ersten Teils von Goethes Faust (Nacht) markiert dieser Ausruf Fausts einen Haltepunkt, ein Innehalten im Fluss der Gedanken und Vorstellungen, die Fausts Erkenntnisstreben aufzeigen. Zunächst beseelt von dem Hochgefühl, im Zeichen des Makrokosmos das gesamte Weltgeschehen erfassen zu können, bemerkt Faust mit einem Mal, dass er in seinem Streben nach der wahren Erkenntnis hier keinen wirklichen Ansatzpunkt finden kann. Die grandiose Weltvorstellung erkennt er plötzlich als ein bloßes Schauspiel, an dem er nicht beteiligt ist.

Er wendet sich ab und glaubt nun im Zeichen des Erdgeistes einen neuen Weg, einen wahren Zugang zur höheren Erkenntnis gefunden zu haben."

(Universal-Lexikon. 2012.)

DEM WAHREN, SCHÖNEN, GUTEN

Für A.M.K

PROLOG

Sie wollen also die ganze Geschichte? Wie es so war? Was dort genau passierte? Nun wahrscheinlich haben sie Recht. Das diese Geschichte erzählt werden muss. Allerdings ist das ein Kapitel für sich, eine Novelle für sich. Eine kurze Novelle…mit starkem Inhalt.

Ich war zu dieser Zeit viel unterwegs, unterwegs auf der Suche nach einer kreativen Tätigkeit. Ich hatte einige Vorstellungsgespräche, u.a. in München Dresden und Berlin. In München bekam ich einen Anruf, an einem eisigen Tag im März. Am anderen Ende war der künstlerische Betriebsdirektor eines großen Staatstheaters.

Ich hätte mich beworben und die Theaterleitung wolle mit mir sprechen.
Ich fuhr natürlich hin.

Staatstheater, das ist ganz große Liga,

1. Bundesliga sozusagen.

Ich bekam eine Stelle im szenischen Dienst mit Abendspielleitung. Vertragszeit 2 Jahre, mit Verlängerungsoption, an dem großen Theater in der großen Stadt.

Ironischer weise war es nicht irgendein Staatstheater, sondern ein mir sehr bekanntes Haus in einer mir sehr bekannten Landeshauptstadt.

Nun war ich wieder da. Sozusagen im meinem Revier. Im Theater, der Bühne.

Es sollte einiges dort passieren, und dies war nur der Anfang eines weiten Weges.

Doch wie immer ahnte ich nichts, als das Schicksal mich auf die nächste Reise schickte.

Information!

Staatstheater *werden viele bedeutsame Theaterhäuser bezeichnet, die in öffentlicher Hand liegen, insbesondere Theater, meist Mehr-Sparten-Häuser, der Bundesländer. Die Länder sind der im Namen gemeinte „Staat", oft als Nachfolger von Königreichen und anderen Herrschaften. (Wikipedia)*

Es war einmal…ein STAATSTHEATER!

Im April bekam ich bereits den Vertrag, für zwei Spielzeiten mit Option auf Verlängerung. Nennen wir nun das Theater kurz ST und meine Geburtsstadt kurz Landeshauptstadt. Dort sah ich mir schon einmal alle Produktionen an und lernte die Kollegen kennen.

Erst mal nicht schlecht.

Ich war im Theater meiner Kindheit, meiner Jugend. Jenem Zauberkasten der in der damaligen Zeit im Weihnachtsmärchen so viel Magie versprühte.

Ich war glücklich dort zu sein…auch wenn die Damen aus der Dramaturgie mich warten- das der Inspizient an allem, aber auch an allem, Schuld sei, was bei den Proben oder gar bei der Vorstellung so schief gehen kann…und das ist nach meiner Kenntnis so einiges.

Ich dachte mir:

"So schlimm wird das nicht werden"

Auch wenn mein Vorgänger, ein sehr sensibler Geist, auf die Begrüßung des Künstlerischen Betriebsdirektors, mit Vorstellung meiner Person, mit dem Satz antwortete: *"Tun sie es nicht"!*
Wir lachten, welch köstlicher Scherz!

Welch einen Spaß musste man doch an diesen Ort der Hochkultur haben um solchen Humor zu zeigen.
Der humorvolle und sensible Geist hatte nun die Aufgabe mich einzuarbeiten, mir alles zu zeigen und in die tiefsten Geheimnisse dieser heiligen Hallen einzuweihen.

Ich wollte alles lernen und alles wissen…und der Posten des Inspizienten schien mir genau der Richtige zu sein um ganz großes Theater zu lernen…und zu machen.

Da war man nun wirklich mitten drin anstatt nur dabei und ich hatte ja schon einiges gelernt und wollte mich, mit diesem Posten als Sprungbrett, weiterentwickeln. Soweit mein Plan. Als erstes gab es eine tolle Produktion mit Laien und Profis, allerdings ohne Puppen, so was kam erst später in Mode. Ort war die Wartburg, ein altes Sängerheim, gebaut in der Blütezeit der Stadt, also sehr, sehr alt.

Das Haus diente schon vielen Zwecken. Ich kenne es als Club, Bhagwan Jünger Disco und nun eben als Theater, obwohl es eine ewige Baustelle war.

Die Spielstätte hatte allerdings ein paar Akzeptanzprobleme beim Publikum. Einmal wurde z.B. eine neue Produktion bei den Abonnenten beworben.

Es kam die Frage nach der Spielstätte auf, die Antwort der Dramaturgin:

„Die Wartburg"

Antwort der wackeren Abonnentin:

"Bis nach Eisenach fahren wir aber nicht"

Soweit zur Beliebtheit dieser Spielstätte zur damaligen Zeit. Es wurde das ganze Haus bespielt bzw. was davon bespielbar war. In Räumen, im Keller und im verstaubten Hauptsaal. Dort sah ich mich noch, mit meinen damaligen Freunden, in der zu 80er Jahre Musik, in Miniröcken tanzenden, Teen Girls zusehend, biertrinkend, lässig in der Ecke stehend. Nun wurde dort Theater gemacht, oder es zumindest stark probiert.

Doch dazu später.

Im eigentlichen Theater dem Prachtbau an „D*er Rue*", der Wilhelmstraße, probten wir dann schon mal einen Klassiker, bzw. was man dafür hielt „Die tätowierte Rose" von T. Williams. Und ich war der Inspizient der Produktion.

Regie hatte eine Dame mit einer sehr lauten und fordernden Stimme, welche immer wieder ihre Mitmenschen wünschen lies das sie taub seien oder die Dame stumm. Hier wurde Regietheater gemacht, voller Einsatz! Volle Mittel! Staatstheater eben.

Schon die Vorproben ließen erahnen welch gigantische Produktion auf die Landeshauptstadt im September zukam. Mit Skaterbahn, Kleiderzügen und sogar Kinderdarstellern… Wow…!

Was ich bis dahin nicht wusste, dass es am ST zwei Gruppen gibt die so richtig Ärger machen können: Kinder und Tiere. Tiere waren jedenfalls nicht vorgesehen. Zu diesem Zeitpunkt, also im Mai, machte ich mir noch wenig Gedanken.

Ich sah mir alle Produktionen an und begann im Juni mit der Einarbeitung durch meinen nun sichtlich locker gewordenen Vorgänger in Spe, der heilfroh war das Theater im Sommer Richtung Norden verlassen zu können. Warum sagte er mir nicht.

Na ja Reisende soll man ja bekanntlich nicht aufhalten.

Neben Premieren erwarteten mich Übernahmen die ich dann leiten sollte. Ich saß staunend und zusehend, daneben, machte mir Notizen und wunderte mich auch ab und zu. Na ja das gehört dazu dachte ich mir.

Ich hatte zwei Übernahmen. Eine davon war der Hammer der klassischen Inszenierung, alte Schule sozusagen. Eine krasse, klassische Variante vom „*Käthchen von Heilbronn*"-Ein Kleist, ein Epos, mit Rüstungen und Schwertern…und total aufwendig.

Ich dachte ich wäre in den 60ern bei Gustav Gründgens gelandet, das ich so was erleben darf…Na ja oder doch eher die 50er?

Die Kollegen gaben alles…mit vielen von ihnen sollte ich so einiges erleben.
Den Grafen von Strahl spielte ein Schauspieler der anscheinend jünger sein sollte. Typ alternder jugendlicher Held: Tommi.

Ich hatte ihn schon gleich am Anfang bei einem Vorstellungsbesuch vom Ur-faust in der Wartburg kennengelernt, als er sich, wohl wissend wer ich bin, mit den Worten… *"Sau-heiß hier oben auf der Galerie"* in den Stuhl, neben mir fallen ließ und sich dann vorstellte.
„Ich bin Tommi und ich spiele so gut wie alles" Dann musste er wieder zum Auftritt, er spielte ja schließlich den Faust. Mit Tommi machte ich so einige Produktionen, er wirkte immer etwas kränklich, aber ich dachte das ist halt seine Art. Das Käthchen spielte Hanna,

eine junge, frische aber hochsensible Kollegin die wohl genau mit dieser Rolle vom Boss in die Landeshauptstadt gelockt worden war. Sie kam vom ST Nürnberg und wünschte sich wohl zunehmend, Nürnberg niemals verlassen zu haben. Wir freundeten uns an und etwas mehr…

Es wurde Juli und die Fußball WM im eigenen Lande stand auf dem Programm. Es wurde ein Sommermärchen…aber das wissen sie ja alles. Was sie vielleicht nicht wissen ist was während des Halbfinales Deutschland-Italien im ST passierte. Was denken sie? Open Air? Public Viewing im Hof?

Vom wegen…

Wir spielten das Käthchen von Heilbronn…trotz alle dem.

Es war eine Intendanten-Inszenierung und diese muss auf Gedeih und Verderb stattfinden.

Also wurde gespielt…trotz oder gerade wegen der WM, und zwar Zeitgleich zum Fußball-Theater. Ohne Rücksicht auf Verluste…Wo kommen wir denn da hin wenn wir uns vom Volkssport den Spielplan diktieren ließen? Jawohl das ist Hochkultur! Die Auslastung lag bei sagenhaften 10%...Immerhin!

Auch Deutschland gewann dieses Spiel nicht.

Doch das kleine Finale schon und so endete das Sommermärchen auch für uns im ST, mit einem Fest im Hof, der Wartburg. (Also ich meine die Spielstätte des ST, bis nach Eisennach fährt keiner von uns)

Die Spielzeit 05/06 endete, mein Vorgänger verabschiedete sich und verschwand sehr schnell. Nun war ich der Inspizient und die Spielzeit 06/07 sollte meine Zeit werden…so dachte ich zumindest.

Ich bezog dann noch Quartier im „Vierjahreszeiten", einem Apartmenthaus, sehr Hotelähnlich, in der Wilhelmstraße, direkt gegenüber des ST. (sehr Nobel) Näher dran ging nun wirklich nicht! Voller Einsatz! Die Spielzeit bzw. meine Zeit konnte beginnen…und wie sie begann.

Es wurde Ende August und die Proben begannen… ja…der Williams…in Fachkreisen fortan „Die Rose" genannt, stand als erstes an. Was für ein Ereignis.

Doch zuvor im September stand das Theaterfest an, das ist immer so. Ein ganzer Tag voller Spaß und Spiel…die Produktionen wurden vorgestellt, die Leute können hinter die Kulissen schauen…tolle Sache.

Na ja nicht für jeden.

Der Kollege Gauß war vorgesehen einen fliegenden Käfer zu spielen, also so richtig fliegend, im Gestell über die Bühne…hoch und runter…was für ein Spaß…aber wohl nicht für ihn.

Ihm war schon am Boden schlecht und er klagte mir sein Leid. Es hörte sich so an als wolle er mir ein Stoßgebet mitteilen.

Er wurde erhört…denn im gleichen Moment erschien auf meinem elektrischen Pult, das 1000 Knöpfe und

Regler hatte…, ausgerechnet die Anzeige für den Feueralarm!

Ich starrte auf die fordernd blinkende Anzeige, schaute dann etwas gelassener auf die noch fordernd blinkende Telefonanzeige und sagte:

„Na ja fliegen musst du heute nicht mehr, deine Gebete wurden erhört,…"

***„Nichts wie raus hier!
Das Theater brennt!"***

Es folgte die komplette Räumung des Hauses durch die Berufsfeuerwehr.
Es war allerdings mehr Rauch als Feuer.
Bzw. es waren die Rauchmelder die ganze Arbeit geleistet hatten, als eine Nebelmaschine, bei der Technikvorführung, zu viel Schall und Rauch erzeugte.

Na ja funktioniert doch alles…Nach einer Stunde ging alles weiter, ohne Käferflug, der Zeitplan lies diesen dann leider nicht mehr zu.

Feuerprobe sozusagen bestanden…!

Die Spielzeit konnte beginnen.

Und wie sie begann…"Die Rose" war inzwischen in den Endproben angelangt. Tommi spielte mit vollem Einsatz und die Regie lies ihr Stimme aus dem Zuschauerraum erklingen…Stress…und dann noch die Kinder…alles nahm seinen Lauf…und die Kinder garantierten dafür. Diese sollten aus dem Off immer wiedermal erscheinen, doch die machte sich einen Spaß draus zu spät aufzutreten. Sie ignorierten einfach das Signallicht und schauten was passierte.

Die laute Regisseurin wurde noch lauter
und rief immer wieder, mit zunehmender
Lautstärke:

„Wo sind die Kinder?"

"Wo sind die Kinder???"...(10x?)

Eine gute Frage dachte ich mir, während
sie weiterbrüllte.

Sehr philosophisch!

Ohne Kinder keine Zukunft!
Ohne Zukunft alles schlecht!
Da hatte sie eigentlich Recht.

Ich rief nur zurück:

"Ist in Arbeit!"

Dies wurde meine Lieblingsantwort!

Weil es selbst den kollerischsten Regisseuren den Wind aus den Segeln nahm.

Na ja die Kinder kamen dann doch, als sie merkten das der Spaß hier vorbei war und die Tante unten im Zuschauerraum, die das Kommando hat, echt böse ist.

„Da ist nicht gut Kirchenessen sagte ich zu ihnen, und dann geht's zum Schnürboden" und zeigte in den Bühnenturm.,, Das ist wie bei den Piraten, da hängt man aus Strafe eben rum (böse Lache)"

Das hat sie überzeugt.

Pannen gab es trotzdem bei der Produktion genug. Die Züge blieben hängen, das Licht wechselte zu spät, so was eben. Schuld daran war der Bühnenmeister bzw. Ich.

Egal was passierte die Dramaturgie bzw. die Leitung beschwerte sich bei uns. Diese hießen bei uns nur noch „Die drei Damen vom Grill" (sic)

Der Assistent war neu und dies war sein erstes Theater, er lief immer mit einer Brechtkappe durch die Gegend und hielt sich wohl auch für sein Vorbild.

Er benahm sich äußerst flexibel. Er teilte uns immer mit, „dass die Leitung meint."

Na ja so in dem Stil…also unser Freund war er wohl nicht. Er eiferte den Regisseuren nach und war schon auf dem besten Wege dazu ihre schlechten Angewohnheiten zu kopieren. Mit Bleistift und Papier saß er immer da, bereit alles zu notieren.

War das das Theater das ich kannte, sah so Teamwork aus? Was denken sie?

Er erinnerte mich an eine Figur aus Schillers „Kabale und Liebe": Den Sekretär.

Der Bühnenmeister und Ich verbrachten unsere Pausen in der Kantine und erzählen uns Anekdoten um die Moral hoch zu halten. Er hatte natürlich mehr davon zu erzählen als ich. Doch die nächste gemeinsame Anekdote ließ nicht lange auf sich warten.„Das Kätchen" mussten wir zu zweit machen, ich und der andere Inspizient, weil es einfach für eine Übernahme von nur 1 Tag, zu schwer war.

Alte Schule halt oder in der heutigen Sprache: „Krasse-Klassik"

Lichtstimmung 303

Die Technik, besonders das Licht, hatte wohl auch keine Ahnung, denn es passierte folgendes: Es gab im 3. Akt zu Anfang eine Lichtstimmung die geradezu himmlisch hell war.

Gleisend! Blendend! Phantastisch!

Die Offenbarung!

Lichtstimmung 303!

Also die dritte.

302 war ein Schattenhaftes Umbaulicht indem die Technik so 3 Minuten lang umbaute.301 war die Stimmung davor und eher dunkel…im Wald oder so… Alles wartete darauf das die Technik umbaut und die Spieler dann auf ihren Aufritt im himmlischen Licht. Vor allem Hanna…das Kätchen.

Ich gab also das Kommando:
„Bereit für 302...!"
Und gab das Kommando: „302 ab!"
Doch es passierte das Unfassbare...
Keine 302! Sondern direkt 303...!

Die Bühne glänzte im Licht!

Alle starrten mich an...Was sollte man jetzt tun?

Mein Kollege sagte: *„Was nun?"*
Ich jedenfalls sagte: *„Umbau!"*
Was sonst? *„Wollen wie das Bild so stehen lassen? Nein!*
Es muss ja irgendwie weiterlaufen!"

Also fand der Umbau im hellsten Bühnenlicht der Inszenierung statt.

So hell, dass wenn wir die Tür der Hinterbühne geöffnet hätten, das Licht noch vor der Marktkirche und auf dem Schlossplatz zu sehen gewesen wäre.

Ich musste cool bleiben und legte den Kopf auf die Pultplatte und sagte meinem Kollegen:

„Sag mir wenn es vorbei ist"

Nach unendlichen 3 Minuten, die gefühlte 3 Stunden waren, war der Umbau beendet. Ich sagte noch der Technik im Stellwerk, die sich natürlich Tot gestellt hat : *„Stehenlassen, 303 stehenlassen."*

Das haben sie verstanden…und dann ging es weiter. Hanna meinte, bevor sie auftrat „Was für eine coole Reaktion!" Was von nun an mir Ihre Sympathie einbrachte. Na immerhin!

Die Drei Damen vom Grill fanden den
Vorfall nicht so toll...Verständlich!
Doch das ist Theater...alles live!

"So etwas darf nicht passieren"
Das stimmt!

Aber leider live!
Dass kann vorkommen.
Obwohl ich bis heute nicht weiß wie?

Oder doch?

Oberbeleuchter??

Oberbeleuchter!!!

**„Ich weiß wo du im November 2006
gewesen bist...und ich weiß was du
getan hast...!!!"**

Es folgte das Weihnachtsmärchen im
Großen Haus. Über 1000 Kinder
pro Vorstellung.

Die waren allerdings friedlich.
Gespielt wurde allerdings „die Schatzinsel" also eher Abenteuer. Fünfzigmal innerhalb von 4 Wochen .Hammer, und voll auf meinen Kopf. Erinnern kann ich mich eigentlich nur an die erste und an die letzte Vorstellung, der Rest bleibt im Nebel. Ich hatte das alles anders in Erinnerung, als Zuschauer eben .Eigentlich war es ja eher eine Fabrik.

Eine Kulturfabrik…und kein Musentempel.

Das Jahr wechselte und der Trott ging weiter. Proben und Aufführungen, Vorstellungen und Proben. Immer wieder und wieder und immer so weiter. Na ja Hanna war nur noch Gast am Haus und wohl weißlich nach Nürnberg zurückgekehrt.

Also wenig Perspektive für uns.
Also das war ja nicht das Paradies was man sich vorstelle. Zumal sich einige Kollegen eher aufführten als wenn man auf einem Gutshof im 19. Jahrhundert wäre. (Animal Farm…?)

Eigentlich hatte ich ja auch eine Regie in meinem Vertrag, aber die Verwaltung, also der Direktor und der Personalreferent sahen das anders und wollten sogar dem Bühnenmeister, mir und anderen neue Verträge geben.

Aufgrund „Ni*cht abgerufener Verpflichtungen"*, wie sie begründeten, zu schlechteren Konditionen!
Diese Rechtsverdreher…ihre Methoden waren nicht konform…was war aus meinem Theater geworden?

Possenspiel…mit Hinz und Kunz,
so wirkten die beiden auf mich.
(Lesen sie die Stellen in Faust2, wo diese
Figuren vorkommen, dann wissen sie
Bescheid, das sagt alles)

Wir machten einfach unsere Arbeit
weiter.

Es kamen ja noch einige Produktionen.
„ Die Leidendes jungen Werther " in der
Wartburg, zum Beispiel. Na ja da haben
wir auch gelitten. Regie:
Ein kommunikativ gestörter Kreativer!
Assistenz: Der Brechtkappenträger.
Was für eine Kombination.

Ich ließ mir trotzdem die Lust am
Theater nicht nehmen…und machte
einfach weiter.
Hinz und Kunz forderten inzwischen vor
dem Bühnenschiedsgericht unsere

Verträge zu ändern…Krass oder?
Was denken sie?
Man kann es ja auch wirklich übertreiben.

Na ja sie bekamen sogar Recht, zumindest konnten sie uns neue Verträge vorlegen. Wir überlegten was nun zu tun ist. „Einfach sich da einzuordnen war, ist und wird nicht mein Ding sein", sagte ich zum Bühnenmeister, der völlig meiner Meinung war, dass solche Aktionen Gift sind, schloss sich an und fügte ein „unser" hinzu.

"Unser Zauberland war abgebrannt und brennt noch lichterloh!"
(Rio Reiser)

So sah es nun aus! Wenn man da mitmacht verbrennt man mit, dachten wir uns und handelten.

Hinz und Kunz zitierten uns im Juni zu sich. Um die neuen Verträge zu unterzeichnen.

Die nächste Saison war schon voll geplant, auch personalmäßig…das wussten wir. Wir sollten quasi die Kapitulation unserer Ideale unterzeichnen. Wir sahen das anders. Als wir meinten, dass wir das so nicht unterzeichnen, wurde man stutzig und etwas ungehalten.

Unsere Antwort:

„Wir sind sehr pflichtbewusst, aber wir haben auch unsere Rechte"

Damit hatten sie nicht rechnet und fragten was das heißen soll? Ich drückte es sehr lyrisch aus, wie bei einer Abgangsszene, in der Biographie von Rio Reiser.

Ich: „*Hier gibt es Papst, Kaiser, König, Minister und Volk*"

Bühnenmeister: „Wir sind gern Volk…aber nicht wenn der Inspizient und Ich, samt der Technik, die einzigen sind die Volk sind."

Ich: "Wir können es auch anders sagen…während wir die Bühne einrichten…spielt der Assistent in der Kantine Skat Und deshalb gehen wir…heute…jetzt!"

Verblüffung!!!

Hinz und Kunz wurden blass.
Wir fügten noch hinzu:
„*Was die laufenden Produktionen angeht erwarten wir den Dienstplan…ansonsten…Tschüss!*"

Dann gingen wir…mit auslaufenden Verträgen. Denn diese waren ja laut Bühnenschiedsgericht für die nächste Saison nicht mehr gültig, einen neuen für die nächste Saison haben wir ja nicht unterschrieben. Hinz und Kunz hatten einen vollen Konter bekommen.

Der Boss war sehr ungehalten, das er so kurzfristig, weder einen Inspizienten hatte, noch einen Bühnenmeister.

Notiz: 15. Juli 2007
Das Ende eines Theatertraumes

„Wir saßen am letzten Abend der Saison am Bühnenrand des Großen Hauses und bestaunten noch einmal die ganze Pracht des Theatersaals, samt goldenem Balkon.
Wir hofften dass die Magie eines Tages wiederkehren wird.

Dass dieser Zauberkasten, unser Zauberkasten, eines Tages wieder in unserem Herzen ist.

Ohne Hinz und Kunz, ohne Damen vom Grill, ohne böse Hexen und Gnome.

Dass es irgendwann einen neuen frischen Geist geben wird.

Das es wieder unser Theater wird, voller Idealismus, Bekenntnis und Kunst.

Wir mussten weiterziehen, denn dies hier war nicht mehr unsere Welt…!"

Aus der Traum!

Es wurde sich entschlossen uns zu Ruhekonditionen aufs Abstellgleis zu schieben, also quasi in stiller Reserve. Das kennt man von vielen Hoftheatern.

Man ist noch da, aber ins Theater geht man nicht mehr.
Man kann sich natürlich was Neues suchen.
Freigestellt!

Das taten wir dann.

Ende Juli 2007 reiste ich mit Atze auf so genannte Erinnerungsreise, wie er es nannte, nach Marburg. Es fand gerade, wie jedes Jahr um diese Zeit, drei Tage Marburg statt, das Stadtfest also, auch kurz 3TM genannt. Wir liefen bei bestem Wetter durch die Stadt, schwelgten in Erinnerung und tranken abends mit Harald und Peter Bier im Delirium in der Oberstadt. Es war ein schönes Wochenende und es war wie immer. Als wären all die ganzen Jahre nicht vergangen.

Ende August begann die Saison 07/08 allerdings ohne unsere Präsenz. Der Bühnenmeister bekam schnell ein neues Theater in Berlin. Ich hatte nicht so viel Glück und musste die nächste Spielzeit quasi voll aussitzen.

Im Sommer 2008 entschloss ich mich meine pädagogische Berufung auszuprobieren und ich bekam ein Angebot das Waldorfseminar in Kassel zu besuchen, wo man mich zum Lehrer für Darstellendes Spiel ausbilden wollte.

Ich nahm an! Eine neue Perspektive so dachte ich. Nachdem mich das Schicksal nun die vollen zwei Jahre am ST, bzw. zweimal Vierjahreszeiten, absitzen lies, verlies ich nun die Landeshauptstadt in Richtung Kassel, um dort meine Pädagogische Berufung auszuprobieren.

**Das war sie, meine kleine Geschichte,
vom großen Theater.**
*„Welch Schauspiel! aber ach!
ein Schauspiel nur!*
(Johann Wolfgang Goethe *Faust I,
Vers 454 / Faust*)

*„Es wird Zeit zu resümieren
Schnauze voll vom Diskutieren,*

*Ich hab mal in mich rein gehört,
lange nachgedacht, was es ist das mich
so stört, so fertig macht, hab mich
gefragt, ob ich noch weiß, wer ich bin
und was ich will,
der Befund war echt beschissen und in
mir wurde es still, ganz schön still,
außer Mist gab's da nur Müll*

*Immer nur der Arsch zu sein
Danke-Nein
Ein letztes Wort, ein letzter Blick*

Ein letztes Mal schau ich zurück
Liebe kommt und Liebe geht
Doch für uns ist es zu spät, viel zu spät
Ganz egal wie man es dreht.

Hier und jetzt, endet die Geschichte
Die Story war so schlecht
das ich auf den 2.Teil verzichte!
Hier und jetzt, trennen sich unsere Wege
Im Grunde ist es nur das Begräbnis einer Lüge…Mon Amour"
(Daniel Wirtz- Mon Amour)

Ach ja…und noch etwas---→

Ach ja und noch etwas…
oder so etwas wie ein Epilog!

Ich machte mich, zwischendurch immer mal wieder kundig, was die Kollegen gerade so machen. Was und wen sie so spielen. Das gehört für mich dazu.
Jahre später habe ich erfahren das Tommi, der alternde jugendliche Held, der immer etwas kränklich wirkte, wirklich sehr krank war.
In seiner vorerst letzten Vorstellung spielte er am ST den Polizisten, in Ödon von Horvaths:
"Glaube-Liebe-Hoffnung"

Ironie des Schicksals!
Glauben sie es oder glauben sie es nicht…!

Notiz: Mai 2010
*Ich habe heute etwas über Tommie
gelesen, unglaubliches ist passiert...
Im Anschluss an eine Vorstellung im ST
wurde er, in der Garderobe, von einen
Spezialkommando verhaftet und in einen
Hochsicherheitstrakt gebracht!
Der alternde jugendliche Held
war in Wirklichkeit...*

*Ein drogenabhängiger,
psychopathischer, krimineller,
Serientriebtäter, dem man auf die
Schliche gekommen ist!*

*Er wurde angeklagt und bekam
eine hohe Haftstrafe!*

Ich habe nichts mehr von ihm gehört.

Nachtrag 14.12.2016
Heute habe ich doch wieder etwas von Tommie gehört…Er wurde im Oktober, nach über 6 Jahren, aus der Haft entlassen.

Ich habe heute Abend sein Foto auf dem Titelblatt einer großen Boulevardzeitung gesehen.

*Er ist rückfällig geworden und wurde auf frischer Tat ertappt.
Man brachte ihn sofort zurück in den Hochsicherheitstrakt.*

*„Mensch Tommie du warst so ein genialer Schauspieler.
Wahrscheinlich zu genial."*

Was für ein Theater…!

Natürlich lassen wir die Geschichte nicht so stehen...denn es passierte noch folgendes:

Schlussnotiz: 18.12.2016

*„Ich bin heute im ST gewesen, im Weihnachtsmärchen.
„Der Zauberer von OZ"
Was soll ich sagen?*

*Die Magie, der Zauber, ist wieder da!
Das was wir uns in jener Sommernacht 2007 erhofften, was wir uns so sehr wünschten, ist in Erfüllung gegangen!
Der Traum geht weiter.*

*Ich saß jedoch nicht in der Szenerie, sondern auf dem goldenen Balkon, in der Loge, die Unendlichkeit bestaunend. Und das ist gut so.
Wie auch immer.
Staatstheater mon amour!*

In diesem Sinne:
wünsche Ich einen wunderschönen
Abend und eine noch wunderschönere
Nacht und verlauft euch nicht…

Wir sehen uns, bis demnächst,
in diesem Theater!

Euer Christian

-STATTSTHEATER- mon amour
EINE MÄRCHENHAFTE NOVELLE
von CHRISTOPHER DIEHL

C und P 2017
ALLE RECHTE VORBEAHLTEN

Der Autor: Christopher Diehl

Geboren und aufgewachsen in Wiesbaden.
Nach der Schule: Kaufmännische Ausbildung mit
anschließender Tätigkeit in verschiedenen Berufen.
Als Drogist, Büroangestellter, Verkäufer bei einer
Optikerkette und schließlich vier Jahre lang in
einem Taxiunternehmen tätig.
Dann...
Abitur auf dem zweiten Bildungsweg
am Abendgymnasium Wiesbaden.
Studium der Kulturwissenschaft,
mit Magisterabschluss,
an der Philipps-Universität-Marburg/Lahn.

Nachdem Studium: Mitarbeiter im Bildungsbereich,
danach als Autor, Dramaturg, Regisseur, Darsteller
und im szenischen Dienst, an verschiedenen
Theatern tätig. Diverse Nebenrollen am
Volkstheater in Wien und im Filmbereich.
Entertainment-Manager und
Reiseleitung/Künstlerischer Mitarbeiter auf diversen
Kreuzfahrtschiffen.

Autor von Anekdoten, Bühnenstücken und
Novellen.

Herstellung und Verlag:
BoD - Books on Demand, Norderstedt
ISBN 978-3-7431-5429-2

FSC
www.fsc.org
MIX
Papier aus ver-
antwortungsvollen
Quellen
Paper from
responsible sources
FSC® C105338